比翼歌集

愛

星野邦夫
星野芳江

砂子屋書房

著者二人近影

邦夫・著書

芳江・歌集

*目次

芳江歌集　愛・語り部

装本・倉本　修

星野邦夫・芳江 比翼歌集

愛

序

平山公一

星野芳江様から歌集のご相談を受けたのは、昨二〇二〇年秋。ご夫妻の二〇一九年までの「潮音」掲載歌、邦夫様は二〇〇二年から十八年分の約八百首、芳江様は〇八年から十二年分の約七百首の原稿をいただき選歌を勧めていたが、十二月を迎えたので二〇二〇年の歌六十首も含めて選ばせていただいた。当初お二人で五百首前後と思っていたが捨てがたい歌が多く、約五百七十首の歌を抄出した。

「五十歳になったら海外医療に行く」夢を果たしし夫のまぶしき　芳江

永住の積りに行きしセブ島も三年余りで帰国せしわれ　芳江

芳江様は縁あって昭和二十一年に「潮音」入社、邦夫様が芳江様に倣い入社されたのは遅く平成十四年。多忙を極めたからか働き盛りの歌がないことは少し残念である。しかし、その労苦の一端は芳江様の歌の随所に垣間見ることができる。

邦夫様五十三歳の誕生日を期して二人ともセブ島に移住された。ご主人には『ボランティア医が見たフィリピン』（平成元年六月　非売品）という著書がある。この

「ご出版を祝して」という文章から引用させていただく。

「世にシュバイツァー博士に憧れる人は多い、しかし実際に献身するとなると話は別である。星野邦夫医師は、若い頃から弱者のための医療を志し、ついにその初志をフィリピンにおける医療奉仕において実現した人である。」

（星野邦夫医師を後援する会事務局長　井上圭司）

これは、働き盛りのご主人の医療奉仕を温かく見守る、同業の奥様あってこそ実現したものと言えるだろう。

我が祖父の顕彰いしぶみ文字消えて読めねど手賀沼ほとりに建てり　邦夫
村にただ一人の産婆でありし母級友の多くを取り上げたりと　邦夫
おばあちゃんのミートソースが食べたいに作つてしまふ脂肪過剰食　芳江
子年生れの長男今年還暦と孫達が集ひ祝宴まうける　芳江

邦夫様は父親や祖父母を懐かしく詠むが芳江様にはそれがない。逆に芳江様は子や孫を温かく見守る歌が随所に溢れるが、邦夫様のそれはさらりとしていて数えるほどしかない。一般的に家族を詠む歌は男性よりも女性に多いが、この歌集では個人の性格による違いが大きいようだ。

ディスカウの「冬の旅」聴く常夏のマニラの夜や青春遠し　邦夫

ゴッホ描く「黄色い家」の遠近法飽かず眺めぬ我が画のために　邦夫

塩野七生のベネチア外交史詳細なり自分で見て来たやうに描けり　邦夫

久々に夫の解説聞きながら初公開のラファエロ展見る　芳江

「七十一年前雲一つない……」で始まりし十七分の重き言葉よ　芳江

オプジーボまだ新しき抗癌剤本庶佑氏ノーベル賞に　芳江

七十四年前隅田公園の片隅に一夜を明かしき戦争の記憶　芳江

邦夫様はお仕事の心身の疲れを、長年育まれた幅広い趣味で癒されたであろうことが歌の中から想像される。一方芳江様には社会詠・時事詠も多く見られるが、それらは医療に関わる歌が少なくない。日本人のノーベル賞を喜ぶ歌も医学に関するものであり、また自らの戦争体験に基づく「平和を希求」する歌も多く並ぶ。四首目の芳江様の歌は造詣の深さを裏付けるご主人への返歌のようでもある。

道を行く老いも若きも微笑みてマニラは幸の多き町なり　邦夫
何といふ青空の色心ひく碧玉のごとマニラの空は　邦夫
そのかみの父と眺めし手賀沼の水見てをれば泣けてくるなり　邦夫
空襲の夜の話を聞かせてと十五歳の孫の夏の宿題　芳江
防空壕に米を投げ入れ避難せしは十五歳なりわが語り草　芳江
緋鯉らが梁塵秘抄を踊るなり台風前の暗きあしたに　邦夫
両翼を広げて鳩が滑空す空の旅客機の真似をしながら　邦夫
群雀飛び立つ時はいつせいにひろげし羽根が銀色に映ゆ　芳江

邦夫様には長年過ごされたマニラの歌が多いのは勿論だが、ふるさとを愛する歌も沢山詠まれている。二首目はタイトルとなった歌、ほぼ永住を決意しておられたことが窺える。いわゆる「東京大空襲」は芳江様十五歳のとき。平和がいかに大事かということを「語り部」として伝えたい強い気持ちが伝わる。さらにはお二人の自然を詠んだ歌も見逃せない。「梁塵秘抄を踊る鯉」「旅客機を真似る鳩」「羽根が銀色になる群雀」など個性的な感性が鮮やかだ。

終りにお二人の掉尾近く、枯淡の境地溢れる歌を紹介して結びとしたい。

降り注ぐ陽光が好き雲一つない青空だよと夫の挨拶　　芳江
野を行けば前後左右に櫻散り我が人生の花道となる　　邦夫
虫の音のすだける庭に秋明菊ほととぎす咲き秋深みゆく　　芳江
岡の寺を囲み広がる傾りには朱と白との曼珠沙華満開　　邦夫
黒御影の墓石に「愛」の文字刻み左右には短歌一首を刻む　　芳江

邦夫様のひと言を掬い取って芳江様が歌に詠まれた。この一首だけでも爽やかなご夫婦の気持ちが伝わってくるが、これがなんと芳江様九十歳の誕生日の朝だから、なおのこと素晴らしい。五首目の〈愛〉だけでなく、病院開設時の玄関の銘板にも〈愛〉の文字を刻まれたという。まさに名にし負う比翼歌集『愛』である。歌集を繙かれればお二人の歌には、生きとし生けるものへの「愛」が通奏低音のように流れていることを感じ取っていただけるだろう。

二〇二一年一月吉日

邦夫歌集　愛・マニラの空

水と空

かかげたるワイングラスの彼方には藍に暮れゆく海と空あり

乙女らがブーゲンビリアの花垣の内外に坐りいのちを歌ふ

（二〇〇二年）

手に持ちし花束買つてほしいとぞ孫にも似たる少女かけ寄る

菩提樹

（二〇〇三年）

針の如きらきら光るユーカリの花びら空を舞ひてゆくなり

菩提樹の葉ずれの音は薄命に倒れし人の慟哭ならむ

海沿ひのマニラの街に陽がさしてビルあかあかと燃えるが如し

しろがねの光芒おちてラグナ湖を光らす朝ぞ日本は雪と

ミサ曲の流れるマニラの公園に今宵会ふ人皆神々し

横文字の国に暮して縦文字の歌を詠みをる花房の蔭

風清きピースリリーの花かげにいでし痩せ猫もの言ひたげな

ニノイ・アキノ

ニノイ・アキノ兇弾にたふれ二十年大路に黄色い旗なびくなり

マルコスの独裁廃し民主化にいのちをかけし人をおもふ日

両腕をおさへつけられ死にに行く君の姿がブロンズとなる

父のひげさはりしことを思ひ出す　おのれの白きひげに触るれば

友人の病気の相談　引退の身には嬉しや深夜の電話

タガログ語

挨拶の言葉なけれど並木掃く女のひとみにぬくもりのあり

マンゴの実生ると嬉しき知らせをばメールで故国の友に伝へむ

（二〇〇四年）

男女とも座りて笑ふ青春のバイブル級《クラス》我になかりし

生垣のブーゲンビリアにくれなゐの花咲きそろひ滝となりけり

老人の耳にこそばゆしタガログ語　小鳥の如く子らがしやべれば

教会の森の梢に噴水の如く立ちたり椰子の新芽は

テラス席ミルクの香りただよひてミサ帰りに集ふ木蔭のレストラン

町並を白カーテンで覆ふごと驟雨は息もつかさず降りぬ

異国の秋

アヒルらの泳ぐを見れば欄干が流れる如く思はれるなり

家出したる母子にあらむ道端の木蔭に坐り髪とかし居る

（二〇〇五年）

ボヘミアのいづこへ行くも親友の君の面影ついて来るなり

川風に自由を求める民の声雑じりて聞こゆプラハの街は

己が心

ミサ曲はいつもと違ふ美しきハーモニーなりたたずみ聴けり

読み得ざる大冊の本かり出せる己が心は我にも読めず

睡蓮の薄紅の花咲く池にビルの反射の光さし込む

薄日さし歩道に溜まりし水の面に我が影淡く写りいでたり

聖歌隊

（二〇〇六年）

雨晴れてバドミントンする子の声がみどりのふすま通して聞ゆ

説教はつたなくあれど聖歌隊天使にまがふ歌声なれり

地のぬくみ芝を通りてくる庭に座りてミサの歌を聴きをり

べに色の合歓の花びらすずなりのマンゴが呼ばふ夏の朝なり

幼な子の手を引き家路を帰り行く人の楽しみ我にもありき

ディスカウの「冬の旅」聴く常夏のマニラの夜や青春遠し

幸多き町

（二〇〇七年）

桃色のハイビスカスの花びらの開花するのが震へて見える

スニーカー脱げば韻文の世界より散文の部屋に引き戻される

我が友の大叔父なりし柳田の『遠野物語』立ち読みしたり

緋鯉らが梁塵秘抄を踊るなり台風前の暗きあしたに

街灯のガラスをはづし磨きをるアヤラ大路の年の暮れかな

道を行く老いも若きも微笑みてマニラは幸の多き町なり

故郷

孫達のサイズも好みも分らぬが年齢言ひてシャツを求めぬ

本棚に並べおきたる美しき貝を孫らに持ちて帰らむ

人はみな故郷へ帰りたがるもの朝風薫り雲雀も鳴きて

そのかみの父と眺めし手賀沼の水見てをれば泣けてくるなり

ふる里に骨埋めたしと思ふ人の心の解る風が吹くなり

我が祖父の顕彰いしぶみ文字消えて読めねど手賀沼ほとりに建てり

村にただ一人の産婆でありし母級友の多くを取り上げたりと

縁側に座りをりたる我が祖母に可愛がられしと友は語りぬ

無欲に

地の果てのルーマニアにて得しものは裸の自分を知りしことなり

我は無に等しきものにありたれば余生を無欲に生きんと今は

山奥の修道院を見てからは安き心に死をむかへなむ

ボクダンヴェ木造教会雨に濡れたたずみをりぬ山奥の地に

シュヴァイツアーオルガン曲のCDをブカレストにて見つけし喜び

朱の房の耳飾りつけ馬たちは誇らしげにぞ馬車ひきてをり

朝のミサ神父の説教九・一一に言及せざり平和なマニラ

ニューヨークグランドゼロに遺骸千体残ると言へり九・一一

アグネス・チャン日本人にはなきタフな神経ユニセフ大使にふさはし

ラグナ湖にあをき蒸気が昇りゆき雲となるのを見る朝の窓

カタクリ

（二〇〇八年）

摘み来たるサンパギターの花びらをペン皿にのせ香り楽しむ

雄弁な牧師の説教タガログ語交へて救ひを説きし朝なり

現地語の新年おめでたう教はりて何処でも使ひてみたる昼なり

マンゴー入りシチリア風の野菜サラダおせち料理の代はりとしたり

エチオピア正教の岩窟教会がクリスマス祝ふ映像見たり

太古より受け継がれたる岩窟の教会と十万の素朴な信徒

薄ら日の差す岡の辺に古代より生き続きたるカタクリの咲く

鶯の鳴く岡辺にてカタクリの薄むらさきの花の揺れをり

自画像

夢に見しゴッホの自画像金髪の眉毛も生えて我が目の前に

レンブラント「イサク・レベッカ」の画の前で一日座つてをりたきものを

天上の音楽かとも思ひける甘き調べのモーツアルトは

この音を聴くため我は長生きし待ち続けたることと思へり

クラリネット素晴らしき奏者に指揮者さへ涙流して感銘したり

高層と目を見張りたるマンションも今は谷間に寂しく建てり

過熟せるパパイアひとつまだ青き二つを買ひて六日分なり

珍客

正月に珍客のあり文化人類学修めし人が京都より来る
柳田の民族学と清水氏の文化人類学の差はいかなるや

（二〇〇九年）

五十三で海外移住せし我の真意いかにと鋭い質問

幼児像神とし祭るフィリピンの子らよ真昼の虹が出てゐる

日焼けして老いたる顔になりたればタガログ語にて話しかけらる

アウシュビッツ

初夏のアウシュビッツの野に立てば胸つまりきてなみだ止まらず

ミサの途中感極まりて歌声をつまらせ給ふみ堂の神父

菩提樹の風にそよげる音聞けばみたまの無念聞こえくるごと

コルベ神父ここで死にしか昼もなほ暗くて寒き飢餓監房は

倒れ伏し死に行く日々の爪あとが残りをるごとガス室の床

ハロウイン　（二〇一〇年）

ムンク描く〝叫び〟の顔のマスクつけたウエイターの居る銀行食堂

モールには悪魔や天使の仮装せる子等が集まるハロウィン祭り

白菊は好かぬと言へる君のため赤きガーベラ供へる祭壇

逝きませる君にたむける「麗しの白百合の花」独唱されぬ

天国へ行きてイエスに逢ふことを疑はざりし君の追憶

松山

龍馬にも似たる少年漂々と風切り行きぬ高知の町を

がたぴしと揺れる坊ちゃん電車には老人のみが乗りてをりたり

松山城会ふ人達は秋山の兄弟に似る老人ばかり

三人のうちでも子規に共感を覚えし松山ミュージアムかな

手賀沼

手賀沼の匂ひを嗅げば懐かしき父母の面影還り来たりぬ

さざ波の日に照る沼の畔《ほとり》にてたぎつ涙をおさへかねたり

引き寄せた銀杏の枝は赤ん坊の手のひらのごとき若葉萌ゑる

手賀沼の殉難の碑の苔むして乙女椿の花散りにけり

「北總の勇み駒」なる演奏の太鼓を聞けば腹に響きぬ

台風

風が吠え窓が唸れる台風の夜を凌げりマニラの部屋で

台風が過ぎてナツメの赤い実が青葉とともに落ちてをりたり

（二〇一一年）

食糧難時代に育ちし我なればどんな食事も感謝してをり

ベルギーで買ひしローソク火をともす停電の夜の食卓のあかり

一昼夜停電続きしあとなれば冷蔵庫のドア手早く閉めぬ

古利根

見晴らしの良き峠かな古利根に釣り舟一艘浮かぶが見える

椋の木や椎の木林の香を嗅ぎて森林浴をしたる城跡

六十年前の楽しき思ひ出を語りて姉は頬染めにけり

祖父《ぢい》ちゃんの邪魔をするなと言はれしか孫寄りつかぬ帰省の家に

昔我が手術を受けしと言ふ人の遺族がもてなししてくれにけり

その昔灰田勝彦歌ひたる「きらめく星座」聴きし宵かな

懐かしきビング・クロスビー歌声が四方から聞こえる朝の公園

ゴッホ

ゴッホ描く「黄色い家」の遠近法飽かず眺めぬ我が画のために

クールベやピカソ、コローなど旧友に逢ひし心地がしたる旅かな

ゴッホ見て我が画風にも点描を加へ楽しむホテルの白夜

これでもかこれでもかと降り続きゐる南国の雨季景気は良しと

瀬戸物のごとく芝生に坐りをる白きアヒルがミサ曲を聴く

青草の香をなつかしみもう一度芝刈る道を戻り行きけり

父親を越えざりしかど惜しいとは思はざるなり八十歳近く

「母さんは日本人です」と道端の屋台の姉さん呼びかけにけり

獅子舞

（二〇一二年）

紅葉と「もののあはれ」は日本にしかあらずと藤原正彦言へり

（『この国のけじめ』）

十一月十一日野田首相ＴＰＰの参加を決めぬ

（記者会見）

平成の維新なるやと国中が見守る総理の決断なりや

太極拳教師の名前を張さんと読めば驚き見直す老人

雨しづくつくつく生垣に顔つけて甘き香嗅げりサンパギターの

獅子舞がすべての店を回りては御祝儀貰ふ慣ひを知りぬ

中国の伝統に慣ひマニラでも旧正月を祝ひをりけり

獅子舞の少年六歳疲れ果て泣きべそかきつつ床に臥しけり

合歓

薄紅の合歓の花々咲き揃ひ風に揺れるを見れば嬉しき

白き蝶ネムの花より生れしか風に舞ひとぶ姿優しき

つがひ蝶空の高くに舞ひ上がり次の瞬間花となりけり

早暁の窓を開ければ花々の甘き香りが流れ入りくる

タリサイとネムの花びら掃き溜めて甘き香りを放つ公園

黄炎木黄色い花々咲き乱れ香りと花びら池に撒きをり

やはらかき木漏れ日差して公園は鳥の鳴き声絶えることなし

火焔花咲く木蔭にて蟬の声初めて聞きぬマニラの夏に

（アヤラガーデン）

ハレルヤ

（二〇一三年）

涼風が吹き渡りたる公園で汗ばむ肌を冷やしをりけり

一陣の風吹きたればユーカリの枯れ葉は続いて落ち来たりけり

ハレルヤの歌声起こる薄暗きみ堂にともし火二つまたたき

エレクトーン鳴りてハレルヤ合唱が暗きチャペルに響き渡りぬ

大路にはナラの黄金の花が咲き陽に輝きて夏を知らせぬ

高窓のビルのガラスをオレンジに染めて朝日が昇り来れり

園丁の顔にも池のさざ波の反射の光ゆらぐ朝なり

薄紅の綿毛の合歓の花咲きて朝陽に光り歌ひをりけり

歌舞伎座

和装せる女優のごとき観客が通路を歩くここは歌舞伎座

勧進帳弁慶役の幸四郎　至芸を披露したる宵かな

歌舞伎座のこけら落としのだし物を見て興奮が止まらざりけり

白髪の酒場帰りが妻を褒め美人と言ひし終電車なり

亡き母が嫁ぎくるとき持参せる木犀の木が繁りをりたり

ＣＤの藤原義江の「萱の実」を聴けり春昼ティータイムなり

独立記念日

北空に高く昇れる朝日かげ夏至の間近の独立記念日

爽やかな風の吹き来る街通り独立記念日の朝迎へたり

竹筏組めば海をも渡れると励ます展示が公園にあり

梅雨晴れの花のくれなゐ草の青目に焼きつけて老いの散策

公園を去らむと芝生見返れば木立の幹は夢のごと見ゆ

マリヤ像に並び説教してをられる神父なかなか雄弁なれり

花売りのをぢさんと朝の挨拶を今日も交はせりモールの廊下

運慶が彫りしといふはあの雲か濃淡明暗際立ちをりぬ

苔むせる合歓の枝より滴りが落ちて朝陽に白く光りぬ

雷雨にて洗はれ公園万緑が朝陽を浴びて輝きをりぬ

喫茶店安楽椅子で一時間アメリカ事情の新書を読みぬ

マニラの空

（二〇一四年）

我が若さよみがへるなら公園のみどりの中をさまよひたかり

何といふ青空の色心ひく碧玉のごとマニラの空は

顎鬚を伸ばせる仙人芝原の小高き位置に坐り居りたり

福禄寿に似たる爺さん七十三　世界各地を旅行したると

温果売りの屋台が消えて教会は鶏鳴のミサ終りとなりぬ

雲一つなき朝空を飛び交へる小鳥の声の聞こゆる広場

火焔樹のくれなゐの花空高く咲きて真夏の到来知らす

訥弁の神父の説教戸外では小鳥しきりに囀りをりぬ

うぐひす

うぐひすの初々しき声自然林に聞こゆる古里そぞろに歩く

川風の冷たき水際古利根のほこら探して巡り歩きぬ

手賀沼を近くに控ふる駅なれば水鳥の絵をホームに飾る

ミャンマーを訪ねし椎名の旅行記に我の旅せし日々の重なる

椰子のしづく

次々と散り来る火焔の花びらが緋の川をなす公園の小道

細かき葉イピルイピルの枯れ葉舞ふ雨後のマニラの七月の朝

昼寝より醒めてバレエの曲を聴くチャイコフスキー我にはぴつたり

辛子入りチキンフライの美味しさに残らず食ひぬダイエット忘れ

椰子の葉より落つるしづくは光芒を受けて光りぬ刹那の輝き

聖フランシス木像黄色の袈裟をつけ背《せな》をみせをりチャペルのなかに

みどり葉を森の如くに身につけてマンゴ樹立ちぬ芝生のなかに

軽快なジャズの流るるカフェーにも遠くのミサの鐘の音聞こえ来

風の路

（二〇一五年）

何と鳴いてゐるのかマニラの枝の鳥万聖節を祝ひをるかも

遊歩道に一か所風の路ありてケーキの匂ひ運び来たれり

ひと月は二週のごとく一週はいち日のごとし老いたる身には

「人生はゆつくり生きろ」と書かれたる歩道橋ゆつくり歩き来たりぬ

おせち料理待ちきれなくて大晦日ワインと共に食べてしまひぬ

紅白の歌合戦は若者の祭りとなりて賑やかなるのみ

塩野七生のベネチア外交史詳細なり自分で見て来たやうに描けり

阿里山茶飲みつつ七生のレパントの海戦読みぬ日曜の午后

能登

料亭のつぼ甚の坪庭雨に濡れみどりの松葉のしづく光りぬ

静かなる七尾湾には日が昇り淡き蒼色に海かがよひぬ

川沿ひの桜並木に白き花光りをりけり霧雨の能登

懐かしき「いい日旅立ち」のオルゴール駅近づけば聞こえくるなり

パッキャオ

イリオモテヤマネコの如き野良猫がなつき来たりぬカフェーの前で

メモ帖に吊せるペンを不思議さうに見つめてゐたりマニラのをばさん

パッキャオのタイトルマッチ始まるとカウンター職員気もそぞろなり

お祭りの山車のごとくにくれなゐの火焔樹の花満開となる

ダックスフント大きな爺さんに連れられて息せき切ってついて行きたり

公園のゲートを入れば鳥たちのオペラよカルメン始まりにけり

重たげに枝垂るる若葉そよ風に揺らぎてポップ踊る朝なり

阿里山茶飲みつつ若月俊一の農村医療の苦心を読みぬ

病院の組合対策に手を焼きし昔の自分を思ひ出したり

食後胃痛があるといふ女性の訴へを聞いてやりをりデパ地下通路

仮装せずとも

（二〇一六年）

蝶の羽根つけて天使のなりしたる幼子愛らしハロウィン祭り

白髪を振り乱したる我もまたお化けに見ゆるか仮装せずとも

緑色のかうもり肩に担ぎたるをばさん兵士の如く歩めり

警備員高血圧と言はれしと食事のことを我に尋ね来

森陰に坐れる認知のをばさんがノートに何やら書き連ねをり

朝の挨拶

白洲正子の若狭の古寺の仏像の文章何故か楽しかりけり

大勢の客を待たせて準備する屋台のをぢさん愉しげにして

祭りの如きマニラのデパ地下賑やかに「ハッピーエープリルフール」の声が

ダウン症の少年張り切り春まつりの太鼓打つなり仲間入りして

朝陽浴び庭のもみぢ葉揺れてゐる共に生きよと語るかのごと

路傍にて座りし人も行く人も手をあげマニラの朝の挨拶

ナラの樹の黄花満開日本の桜のやうに街を色どる

ユーカリ

大声で歌ふ認知のをばさんは上機嫌なり蟬鳴くあした

ユーカリの梢の若葉もろ手あげ踊るがに見ゆ朝日を浴びて

日本語のドラマをスマホで見てをりぬ地元の青年カフェー小路にて

ユーカリの白き花咲く一本の若木がありぬ芝生の中に

「トモダチ!」と日本語で呼ぶ若者が来たり私は日本人に見える

ゴムの実は踏みてもみどり葉の梢朝陽に煌めきいのちの新生

マンゴのごと黄色き実なるマホガニー二つ生りたり青葉のかげに

歌番組の「かなしみ本線日本海」じつと聞きをりマニラの午後に

お神楽

（二〇一七年）

ふる里を泣きつつ徘徊する我にオルゴールの鳴る「夕焼け小焼け」

青空を映す水路に鴨十羽船隊となり遊弋《いうよく》してをり

サッカーのボールで遊ぶ少年ら東京言葉の飛び交ひてをり

ふる里に古戸《ふるど》なる古き集落のありて縄文土器出土すと

古戸にはお神楽舞ひのチームあり常に練習すると聞くなり

お神楽は女子中学生が面をつけ民俗芸能いまは踊ると

はくもくれん踊りをるなり花の香の満つるふる里三十年振り

パパロッティに似たやうな声で鴉鳴く春陽眩しき公園木立ち

石楠花

高木の欅の大枝遠くまで伸びて地に着くほどしだれをり

椿の木揺すれば蝉の一匹は鳴いて数匹は無言で逃げたり

石楠花の朱き花びら雨に濡れ乙女の肌の如く触れみる

ミンミンの威張れる声と山鳩の悲しき歌が混じり聞こえる

芝生では大きな赤旗打ち振りてサンバの踊り応援してゐる

母と子の十人づつが三列に並びてサンバ踊り行きたり

白鳩が我が行く道に待ちをりて群《むれ》をひきゐて餌場に来たり

十羽の鳩集ひ来たりて我が投げるパンの欠片《かけら》を喜び食ひぬ

白内障手術

自動車が通れば枯れ葉が後を追ひ団地の坂道舞ひ上がりゆく

白内障手術したれば無残やな己の老醜はつきり見える

（二〇一八年）

朝な夕な鏡を見てはハンサムな顔の醜くなりしを悔やむ

「潮音」が眼鏡無しにてはつきりと読めてびつくり八十路の我は

雨凍りアイスバーンとなりし道電線のつららも落ちて砕ける

あああと吐く息長く鳴きをれる鴉は青春時代にあらむ

つがひ鴉翼並べて飛び行きぬつやある声で鳴き交はしつつ

鳩

我来るに気付ける鳩ら舞ひ飛びてぶつかるほどに近寄り来たり

幼な子にパン切れ渡して投げさすも鳩たち恐れて近寄らぬなり

鳩たちと交流すれば長生の得られるもとになるかと思ふ

鳩たちに餌をやるのは禁止されをりしと言ふも誰も止めざる

松の実

萌え出づる若葉の先にモミヂの木赤糸のごと花咲かせをり

赤土を盛り上げのぞく薄緑カサブランカの芽生える鉢よ

大銀杏根元に緑の棍棒の如き小花を散らしてゐたり

くさ原に黒き松の実落ちてゐる昨夜の嵐に負けし松の実

芝生歩く我と並びて揚羽蝶舞ひ飛び行きぬ秋の陽浴びて

公園の砂場に雨の溜まるところ蜻蛉来たりて足浸し行く

テノールの山鳩の歌もの悲し松が枝により啼き続けをり

太鼓の音聞こえ来るなりお祭りの練習なるか公園近く

枯葉

（二〇一九年）

柿の葉と葛の葉ともに黄葉し一本の樹を飾りてをりぬ

「保《たも》ちゃんの気まま旅行記」そのままに兄は気ままな人生を生きぬ

最後には導師は兄の一生を詳しく語りぬ親友のごと

乾きたる枯れ葉からころ音立てて歩道転がる寒風の中

蜘蛛の巣にかかりし枯れ葉朝日浴び宙を舞ひをる冬の公園

松が枝の一つ一つに白雪の積もりて垣の如く見えたり

足萎えの老いたるシェパード雪を見て走り行きたり若返りしごと

鯉幟

水仙の白き花々乱れ咲くなかに山茶花の赤き花散る

金縷梅《まんさく》と紅梅に松の緑葉が庭をいろどる春となりけり

上の綱に大鯉幟十七匹さげられて風の来るを待ちをり

下の綱は四十の小さき鯉幟いづれも風にゆれてをりたり

ああ我は八十にして漸くにつつじさつきの違ひ知りたり

梅雨入りの庭に薄紅のさつき花健気に咲きていのちを誇る

両翼を広げて鳩が滑空す空の旅客機の真似をしながら

黒揚羽秋の日盛り舞ひ来たる法師蟬の歌を伴奏にして

角の家

角の家の庭に御主人鉤つきの竿で柿の実ていねいに捥ぐ

ミュンヘンの哲学者の庭思はせる幼児の白い塑像のある庭

（二〇二〇年）

毎日を吟行のごと歩みをりふるさとの街ふるさとの森

うしろから追ひ抜く単車ハンドルの鏡光《ミラー》らせ曲がり行くなり

さざんくわの赤き花びら散るところ水仙の花白く咲きをり

櫻

散り残る灰色枯れ葉のつく枝に鶫とまりて揺らしをるなり

金色の花咲かせたる金縷梅《まんさく》に二月の朝陽射し込みにけり

列車来る如き轟音響かせて松の枝春の風に唸りぬ

野を行けば前後左右に櫻散り我が人生の花道となる

公園の入り口のラッパ水仙が花魁のやうに首を振りをる

蟬

高齢で手術不能の我なれば低周波治療機を息子持ち来る

どれほどの効果か知らねど低周波の治療を受くる息子の手にて

肺癌の診断受けし米寿の我医師の息子にすべてをまかす

オイシイネ　ツクヅクオイシイとひぐらしの蝉が鳴くなりわが裏庭に

ひぐらしの蝉は遠近二カ所にて鳴き交はしをる友を呼ぶがに

油蟬は庭の主か遠慮なき声にて夕べを独り占めする

蟬の声やみて静けき木立には初秋の宵が迫り来るなり

岡の寺を囲み広がる傾りには朱と白との曼殊沙華満開

芳江歌集　愛・語り部

かたくり　（二〇〇八年）

ダンディな義父がかぶりし中折帽子手にとればなつかし大正・昭和

六十八年振りに尋ねし蔵の街　蔵のある街とついぞ知らずに

しめし灰右半分を使ひきり後炭に残す先人の知恵

筑波山裏街道を登りきてかたくりの咲く群落に遇ふ

木漏れ日がさしいでくればば薄紫のかたくりの花星形にひらく

金婚式

労苦の末楽しむは良しとコヘレトの書にもありき金婚の宴

外国に一人で暮す夫なれど金婚式をあげようと言ふ

総勢二十三名集ひ親族らと祝膳囲む宴楽しき

父兄席より見えない孫の組体操演技する辺りに拍手送りぬ

小樽

坂多き小樽の町を登り来て歌碑二基建てる園に今居り

小樽の海見える丘にてま新しき飛梅千里の歌碑にまみえぬ

緑泥岩深々として硬きこと歌彫る時に鑿折れしとふ

短歌《うた》作りメモ書きをする友と居て小樽札幌楽しく旅す
（佐藤朝子氏）

「星野さん、松嶋でお会ひしました」と声掛けられるホテルの廊下
（村山季美枝氏）

聴診器

（二〇〇九年）

帝王切開誕生の赤児無心にも死にたる母の腕に抱かれ

NGOで夫行きし頃のカンボジヤ子供達はバケツで水を運べる

叔父の勧めに医師の道歩み五十年若き産婦との出合ひなつかし

五秒間に十三の心音聞きとむる木の聴診器しまっておかう

高所より見たる夜景の煌めきに急がねばと想ふCO_2削減

バンクーバー五輪　（二〇一〇年）

買ひたきもの何もおもはぬ老いとなり若者に混じり陶器市みる

髑髏《されかうべ》うづ高く野に積まれ居り罪なき民の三百万人

年末のアンコールワットの旅終へし一週間後にはじまる内戦

白き熊神の化身と仰がれてライトが揺れる氷が割れる

金メダル欲しかつた真央銀メダル飾りて口惜しさの一歩ふみ出す

桂浜

藁焼きのかつをのたたき焼く炎息子や孫達は珍しみ見る

供出をまぬがれし巨像十三米廻りて下る桂浜なり

漱石がかつて物書き居りし部屋ここより街の賑はひを見る

汚染度は日本一の手賀沼を市民の愛の浄化に十五年

環境庁長官賞を受くるとて義兄は嬉しさかくしきれずに

イトカワ

（二〇一一年）

三日分の食糧二十日間に割り生きのびる工夫なせしルイスウルスア

（チリ鉱山事故）

地下よりのドリルに巻きし言伝ては「三十三名無事に生きてゐる」

七年の歳月に耐へてはやぶさはイトカワの石持ち還り来し

三億キロ離れた宇宙に飛び立ちて三年遅れて地球に戻る

産科医のわがとりあげし初孫が成人となりて寒椿咲く

大震災

嫁ぎ来し時には幼児でありし甥　市長となりて四年がたちぬ

四年間市政預かり東奔西走甥は二期目の市長選に出る

義妹の病気見舞に帰国せし夫は未曾有の地震に遭ひぬ

ガラス食器コーヒーカップ割れて落つ震動防止の棚まで落ちて

TVにて見し大津波の恐しさ家ごと車ごと流されて行く

被災地のボランティア医を過ごし来て息子はパニックより立ち直るらむ

瓦礫の山津波のあとの焼け跡は戦禍のあとの東京と重なる

数々の明るき花に囲まれて義妹は逝きぬ大震災の春に

同窓会

戦争より帰りて叔父は農地解放手賀沼干拓の事業手がけし

四十年振り台湾に来て何時の日か尋ねたしと願ひし故宮博物館

六十回目の同窓会に出席し今年五名の友逝くを知る

年に一度のクラス会を楽しみに体調気づかふ齢とはなりぬ

3・11追悼の祈り

（二〇一二年）

震災の年に聴き入るチェロの音は静謐にして祈りこもれる

白髪の優しき風貌のチェロ奏者二十三年待ちし甲斐あり

（ボーマンベアンテ氏）

旧約のメッセージはアモス書に廃虚を復興主は建て直す

3・11の礼拝は一斉に被災地の人々に主の慰め祈る

追悼の短歌詠み居る春の夜マグニチュード6.1の地震に揺れる

孫中学生

こんな勉強して何になる　少年は背丈も伸びて声変りする

年寄りが寝ようとする頃隣家の孫特訓の塾より帰る

難関の中学校に合格し達成感の笑顔明るき

冷ややかに風吹き過ぎて雲動き金環日食見えしさいはひ

日食グラス手に夫々が空仰ぐ千載一遇の金環日食

パンダの赤ちゃん

花吹雪散りしくあした帰り来し夫と廻りぬ房総のむら

車に廻る百十四基の古墳群おほかたは円墳豪族眠る

手のひらに載るほど小さきパンダの赤ちゃん上野の森にアドバルーンあがる

薄べにを帯びし白毛一三〇瓦ひいひいと啼き母乳吸ひをり

二十四時間態勢でケアせしパンダの赤ちゃん母乳誤飲し肺炎で死す

杳々山荘

玄関を入れば聞こゆ水穂師の御声若々し朗詠の声

四代に渉る生活のあとも見ゆ風炉釜ひとつ隅におかれて

ふくよかな光子師の画像　雅子師が十五歳にて画きし油絵

日本中が元気になつたノーベル医学生理学賞山中先生に

受精卵を壊さずに済む方法を研究　苦節の二十数年

産声

（二〇一三年）

歌集名は『産声』がいいよ　すすめてくれし夫の提案

友よりの便りにありし読後感「人生力」に魅せられしこと

出版を記念して開く家族会　弟の孫は好きな短歌あぐ

『産声』編みて多くの歌友の励ましを受けて生きゆく晩年と思ふ

褒め上手な森山先生思ひ出づいい短歌には「月謝かけたね」

砂丘

四十三年前わが取りあげし赤ちゃんは今前に立つ眼科の主治医

白内障の手術終りて今朝の庭紅梅の紅あざやかに見ゆ

今年見る桜に一抹のさびしさを誘ふ別れの女孫の就職

女孫三人就職・研究・大学生　巣立ちて行きぬ別れの季節

はるばると来しかも砂丘雨上り駱駝を繋ぐ木陰にいこふ

砂丘の上に立ちたる感想尋ねるにただ日本海が横たはるのみと

遷宮の行はれし年はるばると国造りの神の社に詣でぬ

本殿の外堀にして昨日今日生れしばかりの雀子のゐる

天国への凱旋

祭壇に白・赤・ピンクのカーネーション　御側に笑まふ天国への凱旋

（霞紫峯捨分氏）

詩篇二十三篇　浜辺の歌の曲で歌ふ台湾の讃美歌みづみづとして

若者に取り囲まれての伝道は若鮎はねる如くに楽しと

久々に夫の解説聞きながら初公開のラファエロ展見る

ダビンチやミケランジェロと同世代　三十七歳で逝く若き自画像

レイテ島

（二〇一四年）

今年最大の台風被害はレイテ島に気象津波となり死者一万人

日本の国際救急医療チーム二十五名がレイテ島に飛ぶ

夫と医療援助に歩みしレイテ島潰滅的被害の復興祈る

カンボジヤに内戦ありし三十三年前わが夫も難民の医療奉仕に

フィリピンの女医より支援の要請メール息子は支援に行く決意する

外国の救援チーム到着しまるで救援オリンピックの様と
システムなく人員居らず運搬車なく救援物資は配布出来ないと
礼拝後の誕生日会にレイテ支援報告かねて抹茶を呈す

母の讃美歌

乙女の頃親しき友を失へる時に覚えし母の讃美歌

ただ一つ母の教へし讃美歌は「夕日は隠れて道は遥けし」

無残にも切り裂かれたる頁見ゆ公共図書館の「アンネの日記」

ドイツ語の美しき書体を思ひ出づ十三歳の少女の日記

「死后も生きる仕事がしたい」と書かれたるアンネの夢を父が叶へたり

愛犬チャイ

拾はれて来し柴犬が十八年我が家と隣の番犬つとむ

父に抱かれし一歳半の孫娘捨て犬欲しと連れ帰り来ぬ

牛乳も水も欲らざる三日間チャイは野性のたくましさ見せ

僅かなる体温残し四肢のばし愛犬チャイは安らかに逝く

忘れ物何かあるやうな日暮どき触れ合ひし犬の居ない淋しさ

妹手術

妹の検査入院二週間と言はれしが今日四週間を過ぐ

十二指腸に瘢痕狭窄あるといふ点滴、五分粥の経過観察

五十日病院を移り三週間の検査の結果妹は手術

剔出物の説明に医師は十二指腸癌なれど確と転移はなきと

胃膵臓胆囊十二指腸摘出して一ミリの膵管腸につなげる

語り部

空襲の夜の話を聞かせてと十五歳の孫の夏の宿題

わが話パソコンに打ちたどりゆく祖母と孫との戦争体験

防空壕に米を投げ入れ避難せしは十五歳なりわが語り草

病院の少なき時は大晦日も寝る暇もなく救急車来し

二十年間救急病院営みし跡地は閑静な住宅地となる

送別歌会

一本の欅の下に折り折りの花競ひたりパークハウス歌会

短歌指導に高崎先生心血を注がれ三十年夢のごと過ぐ

十五歳の春に出会ひて七十年短歌の縁は森山先生より
すべて神から与へられたとしか思へない人と人との出会ひありにき

ひよどり

群雀飛び立つ時はいつせいにひろげし羽根が銀色に映ゆ

千両の赤き実ついばむひよどりのくちばし元気元日の朝

（二〇一五年）

遼太君の死

死の恐怖如何ばかりしか遼太君夜の多摩川泳がされし後に

仕事忙しき母に代りて弟妹の面倒をみし優しき遼太君

母子家庭の苛酷さ思ふ我が母は三十六歳で未亡人となりき

針仕事して居てふつと涙せしは一人二役子育てのこと

*

霧晴れて波静かなる七尾湾立山連峰雪をいただく

能登桜満開にして里山を廻る旅なり帰国の夫と

つば甚の料理にあこがれ来たる旅鴨の治部煮の本場の味に

夫の胃潰瘍

保険きかぬマニラに暮す夫へと子は一年分の薬を持たす

ストレスのないのが良いのか熱き国で夫の胃潰瘍きれいに治る

帰国時も二時間歩行欠かさざる夫はつまづき額を怪我す

パーキンソン様の歩行と子に言はれがつかりしてゐる夫も医師なり

＊

街道は百日紅の盛りなり戦後七十年目の貫太郎に遇ふ　（鈴木貫太郎）

祖父の遺品にありし貫太郎書「正直に腹を立てずに撓まず励め」

終戦処理の首相の大命陛下より信頼厚き貫太郎と知る

百周年祝賀会

潮音の百周年の祝杯を高崎先生と共に掲ぐる

雅子師の水穂千首の文庫本学び直さう日本的象徴

杳々山荘歌詠み物書き生き来たる五代の御歌の絵葉書見つむ

仔猫

（二〇一六年）

体重一キロ生後三ケ月のスコティッシュホールド忽ち我が家のアイドル

獲物ねらふ目付き鋭き茶とら猫玩具のをとりにとびかかり来る

布製のねずみの玩具襲ひ来て仔猫は咬み切りボロボロにする

＊

一米のラインをつくり地雷除去一日十米しか進まぬ仕事

地下十糎の対人地雷踏んだ時は足を離さず人を呼ぶことと
地雷除去の支援に再び行くと言ふ若き娘の両親を思ふ

姉の写真

エプロンをかけし五歳の姉の写真養母とうつるを運命と知りぬ

戦禍の中写真一葉残り居て長き旅なり八十五年

花好きの姉と一緒の散歩なり蠟梅白梅飽かず眺める

三姉妹が防空壕に避難する「トト姉ちゃん」にわれが重なる

逆流性食道炎

胸やけに胃カメラ受くれば逆流性食道炎とぞ予想通りの

画像には胃粘膜に出血点食事療法をと息子はしつこく

おばあちゃんのミートソースが食べたいに作つてしまふ脂肪過剰食

今年より夫の遠出のなくなりて日々の日課は手賀沼散歩

はとバスで皇居浅草スカイツリーと廻るも旅なり夫を誘ひて

米大統領広島へ

「七十一年前雲一つない……」で始まりし十七分の重き言葉よ

死の灰を風化させてはならないと目つむり祈らるる慰霊碑の前

被爆者の一人はオバマ氏と握手して手のぬくもりに思ひを伝ふ

＊

夫よりの誕生日カード封書の字乱れなければやや安堵する

生前退位

皇后と手を携へて象徴天皇の道を模索し二十八年

昭和天皇の御意志を継ぎて海外にも広く慰霊の旅を果たせる

体育館にひざまづきつつ被災者の様子聞かるる両陛下のお心

戦後七十一年『流れる星は生きている』復刻版を繰り返し読む

あの空に流れる星は生きている悲しいメロディ歌いつづけて

満州の気象観測所に勤め居し義姉は終戦一年前に帰国

引揚後悪夢ばかりにさいなまれ書いては止めの二十年過ぐ

夫帰国

（二〇一七年）

米寿なる金文字光り医師会より銀杯いただく秋の佳き日に

ビッグニュース！「帰国しようと思つてます」夫よりのメール三日続けて

「五十歳になつたら海外医療に行く」夢を果たしし夫のまぶしき

「至るところ青山あり」と思ひし人故郷恋しと帰国を決めぬ

永住の積りに行きしセブ島も三年余りで帰国せしわれ

フィリピンのハンセン氏病やイエメンの結核治療に夫三十年

外つ国に住んで第三の人生は日本語の本、短歌に俳句

歌集名『産声』がよしとつけてくれし夫帰り来ぬ年の瀬近く

潔く断捨離は出来るものと知る夫持ち帰るは本二冊のみ

神様のみまもりあれば何時か共に暮らせる日々を信じて来たり

何処にも行きたくないと言ふ夫の故郷の良さは測り難しも

大相撲

全勝の白鵬荒鷲に寄り切られ座布団が飛ぶ結びの一番

稀勢の里大粒の涙こぼし居る楽日を待たず優勝決まり

国技館のグッズ売り場に末の孫「遠藤」の手形の色紙を買ひぬ

初場所の帰りの寒さにちやんこ鍋何年振りかに家族揃ひて

雪崩に逝く

三月末の雪崩一瞬八人の生命をうばふまだ高校生

雪崩に逝きし高校生の目は他の人の目となり生きてと献眼さるる

ボホール島の骨董店でみつけたるコバルトブルーの古き水指

ネグロス島の土でつくりしルソン壺素朴さのよし寝室に飾る

中国の難破船より引き揚げられし古き灰色の大井戸茶碗

日野原医師

先生が青年医師でありし日のＹＭＣＡに教え受けたり

下総松崎農村医療奉仕には青年医師の先生いましき

赤軍派のハイジャックに遇ひ一命をとりとめ〈一粒の麦〉にならんと

地下鉄のサリン事件のあまたなる救急患者一手に診られき

『花のバティィック』花こぶし会の記念誌よ師を囲む人等よろこびいます

妹逝く

「年の順には逝かないものね」母に似し口調で語る妹愛し

死の床に姉妹三人のマッサージ浮腫ある腕を肢をさすれる

満月の夜に生れし妹の照子との名付けはじめて聞きぬ

僅かなる緩和ケアに妹とのこの世の四時間共有したり

孫成人式

（二〇一八年）

産科医の最後の分娩扱ひしは我が孫にして男の子なりき

小さき顔が天井を向き生れ来る分娩は吸引器のお世話になりて

バドミントンで鍛へし孫の身長は百八十三糎見上げる程に

老いたるも若きも混じり総勢は二十名なり新年祝ふ

富岡製糸場

妙義山の一本杉を柱とし木骨煉瓦作り屋根は瓦葺き

東繭倉庫のアーチに「明治五年」の文字刻まれて煉瓦は映ゆる

繭の糸は近代工業の幕開けに生糸となりて世界に輸出

*

五年前白内障のオペ受けし医院に夫の受診に附き添ふ

四十年前に夫が往診の幼児も今や主治医となれり

オレンジ色の水晶体は新しきレンズに代はり視力恢復

結弦の根性

舞ひ終へて右足首に感謝する結弦はやさし怪我を乗り越え

フィギュアスケート二期連続の金メダル六十六年振り結弦の根性

高齢者出席多き礼拝にイースターエッグ貰ひて帰る

イースターおめでたうの電話あり夫のマンション購ひし人より

カナダより帰りし孫はカラフルなイースターエッグスマホに収む

軍事境界縁石越ゆるに七十年金正恩が一歩踏み出す

板門店平和の象徴になるべしと世界の人々注目してゐる

めぐみさんは十五歳で拉致されぬあどけなき憂愁かなし四十年

カサブランカ

カサブランカの蕾日ごとにふくらみて風が運べる孫娘の婚

小児科の検診事業の医師不足わたしに出来る仕事がまだある

重き荷を背負ひ東京へ行商の人多かりし昭和も杳《はる》か

開業を友祝ひくれし絵もありき湖北駅前の行商風景

団地出来るまでは田園の湖北なり成田線名物は行商列車

紺屋の白袴

歩み行く時に聞こえる笛の音はてさて何だか呼吸が苦しい

酸素飽和度十パーセント低下して紺屋の白袴なり生活習慣病

不整脈期外収縮ありし夫は体重減らし治ししと言ふ

二年かけ体重十キロ減らしたる夫がすすめるプールの運動

来年の五月に結婚する孫の晴れ姿見るを目標とする

ノーベル賞

オプジーボまだ新しき抗癌剤本庶佑氏ノーベル賞に

癌免疫療法はあなたのおかげですと言はれる時が何より嬉しと

第十三回水穂会

（二〇一九年）

床の間に黄色き小振りのつはぶきが活けられてあり十一月七日

記念歌会ガラス戸透かしてすすき見ゆ青丘先生二十三回忌

特攻兵の語り部として生きる人同世代なり憧れ生き来し

*

名を呼べばうなづき眼をあけじつと見る意識の底の理解を示し

軍隊で往復ビンタ受けし義兄手賀沼浄化に盡して逝きぬ

B29を如何に撃ち落とすか苦慮せりと私の知らない戦時がありき

世代交代

世代交代平成生まれが並び居り孫三人も社会人なり

平成の最后の正月孫七人集ひ来たりて炬燵を囲む

隣家よりグラス片手に来し息子介護支援の申請すすめる

民間より妃に選ばれし美智子妃と共に歩み来し我が家の子育て

新緑のまばゆき五月孫奈月《なつき》良き伴侶得て結婚式なり

花聟が待ちて迎へる神前に父は娘の手を花聟に

健やかな時も病める時も愛する誓約六十年前と変はらず

両親への手紙を聞きつつ父親は涙をそつと拭ひて居たり

出会ひ

戦なき夜を過ごし来て七十三年有難きかな平和といふは

七十四年前隅田公園の片隅に一夜を明かしき戦争の記憶

隅田川対岸真昼の如く燃ゆ多分浅草寺の伽羅と見たりき

その昔乳もみといふ仕事ありき平成の世は看板見られず

手賀沼のほとりに住みて四百年農に生き来し御祖を思ふ

手賀沼も食糧不足の戦后には干拓されて田圃となりぬ

がしやもくとふ藻を取る舟ありそをとりて田圃や畑の肥料となせり

『流れる星は生きて居る』同じ境遇の友が居て病院経営手伝ひくれぬ

乳呑み児を背負ひ初めてまみえしは五十八年前の夕方

六十年前のをなごの赤ちやんが立派な小児科医として活躍

＊

カサブランカの花咲きたけて七月二十八日九十歳の誕生日迎ふ

撒水中草の繁みに見つけたるたつた一輪の京鹿の子百合

降り注ぐ陽光が好き雲一つない青空だよと夫の挨拶

九月九日台風十五号上陸し風速五十七米が我が町襲ふ

一軒先の倉庫の屋根のめくれをり歯医者の屋根にかぶさる様に

段ボール収納倉庫の屋根が飛びむき出しとなり青空のぞく

セブ島

ボランティアで移住せしセブはスペインの情緒の残るのどかな住居

三十年前虫垂炎になりし夫セブの病院で手術受けにき

我が墓を守る弟は宣教師セブ島を行ったり来たりして居る

黒御影の墓石に「愛」の文字刻み左右には短歌一首を刻む

悼　中村哲氏

（二〇二〇年）

旅の途次に出遇ひたりしは山間に棲める貧しきハンセン氏病者

その貧しき医療にふれてハンセン氏病者扶けんとアフガンに行く

農民のため千六百の井戸を掘り飲料水を先づ確保する

用水路建設現場に向かふ時フロントガラスに三発の銃弾

孫・子

母親の成人式の振袖を丈出し裄出し寸法直す

半衿と帯揚げ帯締め今風の柄をとり入れ着物に合はす

年明けて医学部受験の孫あれば夫と二人で祈る合格

七人の孫が囲むも夫々の選びし職に医師はをらざる

夫と共に祈りつづけて健人君初志を貫徹医大合格

子年生れの長男今年還暦と孫達が集ひ祝宴まうける
私達夫婦は還暦祝ひする暇などなくて過ぎて了ひき

主人の米寿

8・8の二本ラフソク吹き消すに息が続かず気管支病めば

コロナ禍に夫は米寿を迎へたり孫の成長が生きる支へに

昨年はなかつた白色新しき影は右肺がんの疑ひ

息子より若きがんセンター内科医は自然経過を見守りませうと

帰り路に「いい医者だつたね」納得の夫はすべてを受け入れてゐる

二回目の夫のＣＴ肺癌はそら豆大より大きくはならず

散歩中息継ぎに休む夫の間質性肺炎酸素飽和度95％

健康に良いとタモギタケ戴きぬ癌に効けばと味噌汁にする

新型コロナ

どの人もマスク着用距離をおき待合室に百名の人

スペイン風邪流行の時の怖ろしさ何度も語りし母の少女期

新型肺炎流行止まらぬ日本で後藤新平今にありせば

ＰＣＲ検査医院になるからは転居をしてはどうかと息子

手洗ひとうがひ三密避けるゆゑ転居はしたくないと夫は

思ひ出

七十五年前東京大空襲に遇ひにしが九十歳まで生きらるるとは

断裂し迷走したるアキレス腱夫が手術し治してくれにき

五十年二足歩行が出来たこと手術に感謝言葉はあらず

セブ島より厚生省に幾度も通ひき比国のハンセン氏病対策　（三十年前）

虫の音のすだける庭に秋明菊ほととぎす咲き秋深みゆく

あとがき

「マニラの空」

　私は昭和五十九年四月よりハンセン病対策に「ロータリークラブ」の支援を受け、フィリピンのボランティア医として奉仕して来ました。そして海外の医療奉仕の仕事が終わった後も熱帯の青い空と海のマニラに住み、妻が取り組んでいた短歌にはなんとなく親しみを感じていました。

　妻が昭和二十一年に「潮音」に入社して居りましたので、私も平成十四年に入社し、「潮音」選者・高崎亘代先生の指導を受けていました。その間、帰国した時は時々流山歌会にも楽しく出席して居りました。高崎先生が第一線を引かれたあと、平成二十七年からは、今回大変お世話になりました「潮音」選者平山公一先生の指導を受けて勉強して居ります。

このたび妻が「比翼歌集」として出版する事を勧めてくれました。私の短歌は心の底から出たものですが、素人のつたない短歌と思い出版はしないと決めて居りました。しかし固辞・逡巡していた私の背中を、平山先生が強く押して下さいましたので、思い切って出版する事を決心しました。入社後の「潮音」誌上の歌の中から二九一首の抄出も全て平山先生にお願いすることとなりました。

フィリピンでの仕事は『ボランティア医が見たフィリピン』（平成元年　非売品）にまとめています。従いましてこの歌集では絵画や音楽、そして自然やふるさとへの私の関心や心の動きを汲み取っていただければ何よりと思います。また孫やその子どもたちが、それらとともに私の親や祖父母の一端を垣間見てくれることがあれば、それに優る喜びはありません。

今日まで多くの方々にお世話になって参りましたが、それは妻が書いてくれますので重複は避けたいと思います。一人でも多くの方にお読みいただければ幸甚です。

二〇二一年一月

星野邦夫

「語り部」

二〇一二年に『産声』を出版してから早や八年の月日が過ぎてしまいました。一九六五年に主人とともにはじめた病院経営が二十年ほど経って曲り角に来たとき、主人は理事長職を辞任し学生時代の夢であった東南アジアへの医療奉仕に出掛ける決心を致しました。その主人の医療奉仕に同行し、三年間をフィリピンのセブ島に住み、多くの島々を廻り医療活動をして参りました。

診療合間に詠みためた私の歌は身辺詠、時事詠が多く「潮音」の象徴短歌には少し遠いかもしれません。主人も「潮音」に入り二十年近くになりました。また四年前に主人が病を得て故郷我孫子に帰国致しましたが、これを契機に二人の「比翼歌集」を発行したいと思いました。しかし、主人に相談すると頑なまでに固辞するのです。そう言い張っていた主人に「比翼歌集」や歌集出版の意義などを「潮音」選者の平山公一先生が熱心に説き勧めて下さいました。先生には現在、流山短歌会で主人共々毎月ご指導を受けています。この度は本当に有難うございました。

二〇〇八年から二〇二〇年まで「潮音」誌上に収録されたました歌の中から、二八三首を選んでいただいただけではなく、発行に当り身にあまる序文を書いて下さいました。お陰で「比翼歌集」として出版できる運びとなりました。

また今回の歌集編集にあたり、知人の萩倉郭邦様には長年にわたる私達夫婦の「潮音」誌上の歌をパソコン入力して下さいました。また「潮音」の幹部同人でもある流山歌会の増岡久美子様は、出版に当り諸々の相談に快く応じて下さいました。大変お世話になりました。「潮音」社の木村雅子主宰をはじめ選者の先生方、流山歌会の皆様、歌友の皆様方の日頃からの心遣いに改めて心から感謝申し上げます。

末筆となりましたが、今回の出版に際しまして砂子屋書房の田村雅之社長と、きれいな装本を手掛けてくださった倉本修様にも大変お世話になりました。本当に有難うございました。

二〇二一年一月

星野芳江

略歴

<table>
<tr><th></th><th>星野　邦夫</th><th>星野　芳江</th></tr>
<tr><td>昭和４年</td><td></td><td>東京墨田区に生まれる</td></tr>
<tr><td>昭和８年</td><td>千葉県東葛飾郡湖北村に生まれる</td><td></td></tr>
<tr><td>昭和21年</td><td></td><td>潮音社入社（現在　琅玕同人）</td></tr>
<tr><td>昭和23年</td><td></td><td>5月　受洗</td></tr>
<tr><td>昭和26年</td><td></td><td>東邦女子医学専門学校卒業</td></tr>
<tr><td>昭和27年</td><td>7月　受洗</td><td>医師国家試験合格</td></tr>
<tr><td>昭和33年</td><td>千葉大学医学部卒業・結婚</td><td>結婚</td></tr>
<tr><td>昭和40年</td><td colspan="2">千葉県我孫子町で開業</td></tr>
<tr><td>昭和45年</td><td>我孫子中央病院を開設</td><td>我孫子中央病院副院長に就任</td></tr>
<tr><td>昭和47年</td><td colspan="2">学校法人 白バラ幼稚園開設</td></tr>
<tr><td>昭和52年</td><td colspan="2">社会福祉法人特別養護老人ホーム 久遠苑開設</td></tr>
<tr><td>昭和54年</td><td>7月～翌年6月
我孫子ロータリークラブ会長</td><td></td></tr>
<tr><td>昭和57年</td><td>我孫子市医師会会長（61年まで）</td><td></td></tr>
<tr><td>昭和60年</td><td>7月～翌年6月
国際ロータリー第279地区（千葉県）世界社会奉仕委員長</td><td></td></tr>
<tr><td>昭和61年</td><td>4月
フィリッピン　セブ市に移住
ハンセン病医療福祉に従事
ポール・ハリス・フェローに</td><td></td></tr>
<tr><td>平成元年</td><td>『ボランティア医が見たフィリピン』上梓</td><td>我孫子市湖北台で星野医院を開設</td></tr>
<tr><td>平成２年～４年</td><td>JICAよりイエメンの結核研究所に出向</td><td></td></tr>
<tr><td>平成14年</td><td>潮音社入社（現在 同人）</td><td></td></tr>
<tr><td>平成16年</td><td colspan="2">次男（哲夫）星野医院継承</td></tr>
<tr><td>平成17年</td><td colspan="2">長男（茂）医療法人湖仁会ほしの脳神経クリニック継承</td></tr>
<tr><td>平成24年</td><td></td><td>第一歌集『産声』上梓</td></tr>
<tr><td>平成28年</td><td>12月　帰国</td><td></td></tr>
</table>

星野邦夫・芳江　比翼歌集　愛

二〇二一年二月二八日初版発行

著　者　星野邦夫・芳江

千葉県我孫子市湖北台一—五—七（〒二七〇—一一三二）

発行者　田村雅之

発行所　砂子屋書房

東京都千代田区内神田三—四—七（〒一〇一—〇〇四七）

電話　〇三—三二五六—四七〇八　振替　〇〇一三〇—二—九七六三一

URL http://www.sunagoya.com

組　版　はあどわあく

印　刷　長野印刷商工株式会社

製　本　渋谷文泉閣